집은 아직 따뜻하다

차 례

제 4 부

5

제 1 부

별에게로 가는 길

별 보면 섧다

첫새벽 볏바리 가는 소 눈빛에 어리고
저물어 돌아오는 어머니
호미날에도 비치던 그 별

어둠의 거울이었던
고향집 우물은 메워지고
이제 내 사는 곳에서는
별에게로 가는 길이 없어

오래 전부터
내가 소를 잊고 살듯
별쯤 잊고 살아도

밤마다 별은
머나먼 마음의 어둠 지고 떠올라
기우는 집들의 굴뚝과
속삭이는 개울을 지나와

아직 나를 내려다보고 있다

미천골 물푸레나무 숲에서

이 작두날처럼 푸른 새벽에
누가 나의 이름을 불렀다

개울물이 밤새 닦아놓은 하늘로
일찍 깬 새들이
어둠을 물고 날아간다

산꼭대기까지
물 길어 올리느라
나무들은 몸이 흠뻑 젖었지만
햇빛은 그 정수리에서 깨어난다

이기고 지는 사람의 일로
이 산 밖에
삼겹살 같은 세상을 두고
미천골 물푸레나무 숲에서
나는 벌레처럼 잠들었던 모양이다

이파리에서 떨어지는 이슬이었을까

또다른 벌레였을까
이 작두날처럼 푸른 새벽에
누가 나의 이름을 불렀다

산속에서의 하룻밤

해지고 어두워지자
산도 그만 문을 닫는다

나무들은 이파리 속의 집으로 들어가고
큰 바위들도 팔베개를 하고
물소리 듣다 잠이 든다

어디선가 작은 버러지들 끝없이 바스락거리고
이파리에서 이파리로 굴러 떨어지는 물방울 소리에
새들은 몇번씩 꿈을 고쳐 꾼다

커다란 어둠의 이불로 봉우리들을 덮어주고
숲에 들어가 쉬는 산을
별이 내려다보고 있다

저 별들은
내가 여기 있다는 걸 알기나 하는지
저항령 어둠속에서
나는 가슴이 시리도록 별을 쳐다본다

봄 밤

진전사지 가는 길
산죽숲 댓이파리처럼
새파랗던 겨울이 가고

봄이 되자
나뭇가지들도 눈을 털고
제자리로 돌아가는데

항암제를 맞고
머리가 다 빠져버린 형님네 마당에서
별 쳐다보다가
울었네

별

큰 산이 작은 산을 업고
놀빛 속을 걸어 미시령을 넘어간 뒤
별은 얼마나 먼 곳에서 오는지

처음엔 옛사랑처럼 희미하게 보이다가
울산바위가 푸른 어둠에 잠기고 나면
너는 수줍은 듯 반짝이기 시작한다

별에서는 누군가를 부르는 소리가 들린다
별을 닦으면 캄캄한 그리움이 묻어난다
별을 쳐다보면 눈물이 떨어진다

세상의 모든 어두움은
너에게로 가는 길이다

남대천으로 가는 길 1

물소리가
이집 저집 문을 닫아주며 가는데
텃밭에서 고구마가 붉게 여물고
물새들은 알을 품고 누웠다

연어처럼 등때기 푸른 아이들이
물가에 나와
엉덩짝에 풀물을 들이거나
물수제비를 띄우며
그립다고 떠드는 소리를
물소리가 얼른 들쳐업고 간다

집 떠나 오래 된 이들도
물소리 들으면
새처럼 집으로 돌아오고 싶은 저녁

풀이파리 끝 이슬등마다
환하게 불이 켜지고
어디서 숟가락 부딪치는 소리 들린다

남대천으로 가는 길 2

해당화야
해당화야

초경처럼 붉던 꽃 진 길로
물 건너 시집가던 누이들아

검불 내리고
퉁갈이 익는 가을

어디서
물소리 듣고 있니

바람아 불지 마라
저 물 속 친정 무너진다

소 문

낙산사 홍련암 가면
벌거벗은 부처님 계신다기에
음력 삼월 샛바람 부는 날
참댓잎 몸 부비는 소리 따라
동해 갔더니
아랫도리 가린 부처님이 웃기만 하네

낙산사 홍련암 가면
벙어리 부처님 계신다기에
구불구불 한계령 넘어 찾아갔더니
넘실대는 파도가 홍련암 감추어놓고
오신 김에 마음이나 씻고 가라 하네
슬픔이나 헹구고 가라 하네

대 결

큰눈 온 날 아침
부러져나간 소나무들 보면 눈부시다

그들은 밤새 뭔가와 맞서다가
무참하게 꺾였거나
누군가에게 자신을 바치기 위하여
공손하게 몸을 내맡겼던 게 아닐까

조금씩조금씩 쌓이는 눈의 무게를 받으며
더이상 견딜 수 없는 지점에 이르기까지
나무는 무슨 생각을 했을까

저 빛나는 自害
혹은 아름다운 마감

나는 때로 그렇게
세상 밖으로 나가고 싶다

샛령을 넘으며

영을 넘는다

동해 어염 지고
인제 원통 바꿈이 다니던 사람들의
길은 지워지고
고래등처럼 푸른 영만 남았는데
이렇게 험한 곳에서도
나무들은 문중을 이뤘구나

북설악 한여름에 무슨 잔치가 있었는지
골짝 물마다 얼굴이 벌건 가재들이 어슬렁거리고
벙치매미도 제 이름을 부르며 운다
비탈이 험한 곳일수록 꼿꼿한 나무들이
그들 말로
오늘은 꽤 지저분한 짐승 하나가
지나간다고 하는 것 같은데

물소리가 얼른 지우며 간다

삼불사

노장 스님께서
애야, 올해는 燈이 시원찮구나 하시는데
분장한 듯 길고 흰 눈썹 뒤로 진부령 놀빛이 보였다

저녁 바람이 짓는 수억만개 물이랑 속으로
산이 몸을 떨며 들어간다
나뭇가지를 건너뛰던 새들도
발을 헛딛는다
세상이 하 약아놔서
이젠 초파일 등장사도 시원찮다시지만
저 놀빛보다 더 큰 등이 어디 있겠습니까

그해 봄
화진포 물 속 절마루에 드신 후
여지껏 뭘 하고 계시다가
이 저녁 놀빛 속으로
도포자락 펄럭이시며 물을 건너가시는 아버지
靈駕여 하고 부르니까
스무해 전 마음 한가운데서

비로소 청둥오리 한마리 삐뚜로 날아간다

저녁 공양 드리는 스님 어깨가 깊이 휘었다
소나무 가지를 꺾으며 물이 절마당까지 차오르고
어둠이 내 마음에 크고 작은 등을 달자
상여처럼 흔들리는 절 한채
동해 쪽으로 떠간다

낙타를 찾아서

다시 동쪽으로 천리를 더 가면 호야산이라는 곳인데 초목이
자라지 않고 모래와 돌이 많다. *

낙타는 어디 있는지,

두통 때문에 엑스레이 단층촬영하던 날
칠성판 같은 침대에 누워
덜컥, 덜컥 하고 필름이 넘어갈 때마다
나는 내 마음의 모습이 궁금했다

남쪽에서 혹은 북쪽에서
전후 좌우에서 바라본
나의 해골산은 비어 있었다
거기에는 초목이 없었고
노래방도 없이 적막할 뿐
다만 등고선처럼 희미한 길들과
정신의 집이 있었던지
푸르스름한 자국이 보였다

깨끗하군요 하며
연신 컴퓨터 키보드를 두드리는 새파란 의사에게

내 영혼은 어디 있는지,
여기서 한 십리 서쪽으로 더 가면 무엇이 보이는지
물어볼 수는 없었다

그저 돌과 모래로 아름다운 사막 한가운데로
어디론가 가고 있는 사람 같은 게 보였다

낙타야
낙타야

    * 『산해경』에서 인용.

물 속의 집

그해 겨울 영랑호 속으로
빚에 쫓겨온 서른세살의 남자가
그의 아내와 두 아이의 손을 잡고 들어가던 날
미시령을 넘어 온 장엄한 눈보라가
네 켤레의 신발을 이내 묻어주었다

고니나 청둥오리들은
겨우내 하늘 어디선가 결 고운 물무늬를 물고 와서는
뒤뚱거리며 내렸으며
때로 조용한 별빛을 흔들며
부채를 청산한 가족들의 웃음소리가
인근 마을까지 들리고는 했다

얼음꽃을 물고
수천마리 새들이 길 떠나는 밤으로
젊은 내외는 먼 화진포까지 따라 나갔고
마당가 외등 아래서
물고기와 장난치던 아이들은
오래도록 손을 흔들었다

그러나 그 애들이 얼마나 추웠을까 생각하면
지금도 눈물이 나의 뺨을 적신다

그래도 저녁마다
설악이 물 속의 집 뜨락에
아름다운 놀빛을 두고 가거나
산그림자 속 화암사 중들이
일부러 기웃거리다 늦게 돌아가는 날이면
영랑호는 문을 닫지 않는 날이 많았다

그런 날은 물 속의 집이 너무 환하게 들여다보였다

禪林院址에 가서

禪林으로 가는 길은 멀다
미천골 물소리 엄하다고
초입부터 허리 구부리고 선 나무들 따라
마음의 오랜 폐허를 지나가면
거기에 정말 선림이 있는지

영덕, 서림만 지나도 벌써 세상은 보이지 않는데
닭죽지 비틀어 쥐고 양양장 버스 기다리는
파마머리 촌부들은 선림 쪽에서 나오네
천년이 가고 다시 남은 세월이
몇번이나 세상을 뒤엎었음에도
흐르는 물에 발을 담근 농가 몇채는
아직 面山하고 용맹정진하는구나

좋다야, 이 아름다운 물감 같은 가을에
어지러운 나라와 마음 하나 나뭇가지에 걸어놓고
소처럼 선림에 눕다
절 이름에 깔려 죽은 말들의 혼인지 꽃들이 지천인데
經典이 무거웠던가 중동이 부러진 비석 하나가

불편한 몸으로 햇빛을 가려준다

어디로 가는지도 모르고
여기까지 오는데 마흔아홉 해가 걸렸구나
선승들도 그랬을 것이다
남설악이 다 들어가고도 남는 그리움 때문에
이 큰 잣나무 밑동에 기대어 서캐를 잡듯 마음을 죽이거나
저 물소리 서러워 용두질을 했을지도 모른다
그러나 슬픔엔들 등급이 없으랴

말이 많았구나 돌아가자
여기서 백날을 뒹군들 니 마음이 절간이라고
선림은 등을 떼밀며 문을 닫는데
깨어진 浮屠에서 떨어지는
뼛가루 같은 햇살이나 몇됫박 얻어 쓰고
나는 저 세간의 武林으로 돌아가네

울산바위

그전에
아주 그전에
울산바위가 뱃길로 금강산 가다가
느닷없이 바다가 산이 되는 바람에
설악산 중턱에 걸터앉게 되었는데요

지금도 바람이 몸을 두드릴 때마다
파도소리가 나는 건 다 그 때문이지요

사람들아 모여라

꽃단풍 물단풍 곱게 들고
동해 미치도록 푸른 날
울산바위 내려 타고
가다 만 금강산 가자

제 2 부

달이 자꾸 따라와요

어린 자식 앞세우고
아버지 제사 보러 가는 길

——아버지 달이 자꾸 따라와요
——내버려둬라
    달이 심심한 모양이다

우리 부자가 천방둑 은사시나무 이파리들이 지나가는 바
람에 쏴르르쏴르르 몸 씻어내는 소리 밟으며 쇠똥냄새 구
수한 판길이 아저씨네 마당을 지나 옛 이발소집 담을 돌아
가는데

아버짓적 그 달이 아직 따라오고 있었다

내원암 가는 길

산수유 숨어 피는
돌부리 산길

사다리만한 구름다리 건너
전경초소 같은 새시 집에서
구리 기와 시주 받는 파마머리 보살아
내 그것으로
암병 든 우리 형님 일으킬 수 있다면
니네 절지붕을 모두 내가 이겠다

이런 마음이 흙탕물 같았는지
울산바위 쪽에서 내려오는 바람이
"에라 이 되다 만 놈아" 소리치며
소나무 가지 눈을 털어
목덜미를 후려치네

성 묘

——야덜아 내 죽거든 태워서 물치 바다에나 뿌려다오

  어머니는 살아생전 늘 이렇게 말씀하셨지만 선산이 수만
평이나 있고 아들자식들이 모두 이름 석자는 쓰고 사는 집
에서 될 법이나 한 일이냐고 감동골 솔밭 속의 아버지와
합장을 해드렸습니다

  30촉짜리 전등이라도 하나 넣어드릴걸
  평생 어두운 집에서 사시던 분들

작은어머니

저녁 여물 때 송아지 낳던 이야기 하자면 미나리 꺾어 물치장에 가던 아침나절부터 시작해야 하는 이야기꾼 작은 어머니, 목고개가 수수이삭처럼 껑충하고 허우대 크신 당신이 가마에서 내리자 큰머슴 하나 들어왔다고 입이 쩍 벌어졌다는 할아버지, 그 시아버지 모시느라 피란도 못 가고 국군 인민군 뒤바뀌던 난리통에 속병을 얻으셨는데 내가 중학교 다닐 때까지도 작은어머니는 속앓이가 도지면 소총 화약이나 휘발유를 한숟가락씩 드셨다. 열여섯에 감동골집에 시집와 팔순이 넘으셨는데 오늘 새벽 큰형님에게서 전화가 왔다.

———솔지 아범이너.
———엊지낙에 작은어머니가 돌아가셨다야.

그렇게 해서 흙으로 된 나의 마지막 原典은 페이지를 덮게 되었다.

나의 노래

우리 어머니
처녓적 자시던 약술에 인이 박여
평생 술을 자셨는데
긴 여름날 밭일하시면서
산그늘 샘물에 술을 담가놓았다가 드실 때면
나도 덩달아 마시고는 했지요
그리고 어린 나는 솔밭에서
하늘과 꽃과 놀며 소를 먹이고
어머니는 밭고랑에서 내 모르는 소리를 저물도록 했지요

지금 내 노래의 대부분은
그 흙 묻은 어머니의 소릿가락에 닿아 있지요

제삿날 저녁

장작을 집어넣을 때마다
불꽃들이 몸서리치며 튀어오른다
서로의 몸뚱이에 불을 붙이면서도
저렇게 태평스러운 불길들
가마솥의 물이 끓는다
뜨겁다고 끌어안고 아우성이다
저것들도 언젠가 얼음이 되리라
지난날 어머니와 내가
나란히 앉았던 아궁이 앞에
오늘은 아들과 함께
하염없이 불꽃을 바라본다
우리는 저 불꽃 속에서 왔는지도 모른다
혹은 물에서 왔을까
장작불 앞에서
술 취한 사람처럼 벌건 얼굴로
끓는 물소리를 듣고 있는데
뜬김 자욱하게 서린 부엌 안에
우리말고 또 누가 있는 것 같다

장마당에서

우리나라 나이 잡수신 길들은
아직 장마당에서 만난다
장작을 여 내 고무신을 바꾸고
소를 내다 팔아 며느리를 보던 사람들
난전 차일 아래 약장수가 놀고
장돌뱅이들 이악스럽게 설쳐대도
농사꾼들은 해마다 낫과 쇠스랑을 버리고
감자꽃 같은 아낙들 무릎맞춤을 하고
산 너머 집난이 소식 끝에 치마폭에 코를 풀던 곳
때로는 사는 게 팍팍하여
참나무 같은 어깨를 부딪치며
막걸리 사발에 가슴을 데우거나
우전머리에서 송아지 엉덩판 후려치며
공연히 음성 높이던 사람들 다 어디 가고
우리나라 울퉁불퉁한 길들만
장마당에서 겨우 만나고 헤어진다

돌배나무와 면장

강선리 사람치고
은직이 아저씨네 돌배 안 따 먹고 큰 사람 있으면 나와
봐라
걸립패 상쇠 놓고
상여머리 선소리 청승맞던
은직이 아저씨 들일 나가면
물매질하고 장대로 털어 먹던
그 사근사근하고 달착지근한 맛
모르는 사람 없었지
깨밭 다 망친다고
이악쟁이 할멈 '베락이 맞을 놈들'이라고 쫓아오면
꽁지가 빠지게 달아나다가도
다시 모여들던 나무 밑
그 아저씨 자식 하나 못 남긴 채 돌아가고
그 큰 돌배나무 작년에 없어졌다
칠성이 어머니가 그러는데
'면장질 하던 눔'이 우물 파준다며
즈이 집 치장하려고 뿌리째 캐갔단다
참 더러운 면장이다

쌀의 노래

불러보자
너는 가없는 우리들 넋의 이름이고
들판 속의 한 마을이로다

오, 자식내이 잘하는 조선의 어머니
고구려에서 양양까지
청천 하늘엔 별도 많고
우리네 구들장은 이렇게 따뜻하구나

날은 저물었다 밝아오고
숨찬 고개 한굽이씩 돌아가면
눈이 모자라게
머리 검은 겨레들 물결친다
멀리 가는 나라여
길은 멀어도 노래는 끝없으니

눈물로 땀으로
맥질한 몸뚱이들아
네 몸 수천년의 길 따라 들어가면

해 뜨고 바람 부는
너는 셀 수 없이 많은 우리들의 내일이로다

남대천

저무는 강변길로
아버지 같은 사람이 뒷짐 지고
혼잣소리하며 돌아온다
그이 외롭다고 따라오는 강
괜찮다 괜찮다 하며
흐르는 물소리 들어보아라

물은 대청봉 같은 큰산 지고 가거나
풀이파리들 꿈을 씻으며 흐르다가
서림 범부* 잘 아는 죽음들 불러내
동해로 가는데
한세상 돌아온 연어들은
다시 산으로 들어가는구나

누가 연신 헛기침을 하며
마을의 어둠속에서 송침*을 한다
세상은 이미 낡았어도
이 물에 오는 아이들 피를 씻고
맑은 날 양양 여자들이

그들 삶을 옥양목처럼 바래 너는 강

슬픔도 꽃도 지천인데
산 내다버리고 오는 물처럼
누가 다시는 세상과 싸우지 않겠다며
늙은 소 같은 어둠 앞세우고 돌아오는데
다 안다 다 안다 하며
물소리가 따라오고 있다

  * 서림, 범부는 남대천 상류에 있는 마을이다.
  * 송침은 양양 지방에서 아이를 낳으면 추녀 끝에 꽂는 소나무
    가지이다.

국수가 먹고 싶다

국수가 먹고 싶다

사는 일은
밥처럼 물리지 않는 것이라지만
때로는 허름한 식당에서
어머니 같은 여자가 끓여주는
국수가 먹고 싶다

삶의 모서리에 마음을 다치고
길거리에 나서면
고향 장거리 길로
소 팔고 돌아오듯
뒷모습이 허전한 사람들과
국수가 먹고 싶다

세상은 큰 잔칫집 같아도
어느 곳에선가
늘 울고 싶은 사람들이 있어

마을의 문들은 닫히고
어둠이 허기 같은 저녁
눈물자국 때문에
속이 훤히 들여다보이는 사람들과
따뜻한 국수가 먹고 싶다

마음속의 집 한채

뒷산에서 내려온 커다란 땅거미가
조금씩조금씩 잡아먹던 마당에서

장에 간 어머니를 기다리며 울던 집
할아버지가 장죽을 두드릴 때마다
아직 식민지의 먼지로 가득하던 집

그 반짝이던 155밀리 박격포 놋쇠 재떨이

전쟁이 뒷산 넘어 멀리 간 뒤에도
형님은 빤쓰 고무줄에 돈을 꿰매 입고
논산훈련소로 가고
그래도 어머니는 땅을 장만해야 한다며
비 오는 날 죽을 쒀 먹으며
장독대나 자리 밑 어딘가에 돈을 감추었다

조선의 경제여

장으로 나가는 소를 보며

마주 보고 울던 聖家族들

세월이 많은 나라를 허물고
또 새 집을 짓는 동안
다시는 불 켜지지 않는 집 마당에서
긴 울음소리 하나
무너지는 집 한채 오래 떠받치고 있다

대문턱국숫집

대문턱국숫집 방고래 뚫고
도둑고양이들 산다
봄 한철 화전놀이 때도 그렇지만
가을거둠이 끝내고
아래윗동네 국수추렴 시작되면
낭그다리 주인은 국수틀에 매달려 땀 뻘뻘 흘리고
한겨울에도 설설 끓던 아랫목에서
지금은 고양이가 자식을 기른다
미나리밭에 봄비 소곤대는 날이면
며늘 시어멈 소반머리 앉아 콩을 고르거나
명주올 같은 햇볕 드는 쪽마루에서
밥숟갈에 살코기 얹어
제비새끼 같은 손자 기르던 할머니는 어디 갔는지
중방도 쪽마루도 다 둘러빠지고
도둑고양이들이 나라를 차렸다
대문턱 그 사람들 그립다

風　葬

오랫동안 수고했다
돌쩌귀에 겨우 매달린 문들이
누군가를 기다리는 집

저 무너진 아궁이가
우리들 몇대의 밥을 지었다면
누가 믿겠니

새끼내이 잘하던 소는
늙어 무엇이 되었을까
그 많던 제사는 어떻게 되었는지

차일 높이 치고 잔치국수 말아내던 마당에 들어서며
너븐들 쇠장사하던 아무개네 집 아니냐고 아는 체하면
집은 벽을 허물며 운다

저녁의 집

해 떨어지면
나무들은 이파리 속의 집으로 들어가고
먼 개울물 흐르는 소리
울타리 너머 밥 짓는 냄새 속으로
꼴짐 높게 진 사람들 두런두런 혼잣말하며
배가 장구통 같은 소 앞세우고 돌아오네
제 새끼 안 보인다고 아갈질해대는 소울음 사이로
박쥐떼들 아무렇게나 날아간다
고등뻬기 우리집에서는
어여 와 저녁 먹으라고 어머니가 부르는 소리
어머니도 딱하다
나도 이젠 자식을 둘이나 두었는데
아직 내 이름을 알몸뚱이로 동네방네 불러대다니
하늘 뒤에서 별이 어둠을 씻고 나온다
키 큰 밤나무 꼭대기까지 차오르는 어둠속에서
새는 보이지 않고 울음소리만 들리고
변소 지붕 위의 박이 엉덩이처럼 희게 떠오른다
부엌문 여닫힐 때마다 불빛에 어리는 마당 식구들
어둠에 잠겨 찰랑거리는 마을에서

이파리들의 소곤거림

쇠똥 냄새

먼데 집 펌프대 삐걱거리며 물 올리는 소리

멍석가로 펄쩍펄쩍 개구리들 덤벼드는

그 머나먼 집 마당에서

나는 아직 저녁을 먹고 있다

울음소리

삭은다리 길갓집
장대 구장도 하고 축협 이사도 하던
허리 구부정한 동운씨네
내리 딸만 여섯 두었는데
한해께 겨울
동운씨 처 배에서
또 딸이 나왔다고
온 식구가 저녁 내내 울던
울음소리

제 3 부

제초제와 봄

사람이 죽었다
원추리 싹 노오란 담 밑에
돈복이 아버지 누웠다
미나리 파릇파릇한 우물터에서
불쌍하다고 여자들이 운다
끝없는 일 거친 술에 몸을 망치고
씨렁씨렁 살던 돈복이 아버지
평생 풀 뽑던 손으로
자신의 뿌리를 뽑아 눕혔다
젊어 한창때 면체육대회 나가
하늘 높이 똥볼 차올려 박수받던
그 황소 같은 돈복이 아버지 죽었다
불탄 논두렁 밭두렁으로
바람 뚫고 달리는 아이들 고함 속으로
풀꽃들 지천으로 피는데
돈복이 아버지
평생 잡초 뽑던 손으로
자신의 뿌리를 뽑고 담 밑에 누웠다

변두리에 내린 눈

밤새 눈 내리다 그친 날 아침
누가 이사를 한다

여자와 아이들은
안에 타고
타이탄 적재함에 탄
남자의 머리칼이
깃발처럼 나부낀다

어느 농사꾼의 후예일까

뒤집어놓은 상다리 속에
호박덩이랑 동여매고
또 어느 동네로 가는지

변두리에 내린 눈은 더욱 희다

방앗간카페에 가서

아랫복골 개울말 루핑집 지붕 위에서 검은 연기가 가락지를 만들며 연신 하늘로 올라간다. 탕탕거리는 발동기 소리가 동네를 들었다 놓았다 하는데 형과 나는 뒤켠 풍구에서 눈보라처럼 쏟아지는 새째*를 퍼담으며 재강아지가 되어 깽깽거리고 어머니는 머릿수건 눌러쓰고 확에서 떨어지는 쌀 받느라 정신없던 방앗간,

우찻소가 볏집을 씹으며 중얼거리던 마당에
늘씬한 승용차들이 주인을 기다리고 있다
아무개네 쌀 받으라고 소리소리 지르던
내 마음속의 방아차지네
술 받아나르던
패랭이꽃 같던 딸
눈에 선한데

도대체 이 동네로 무엇이 지나갔길래
한때는 벌판 하나를 다 먹어치우고도
성이 안 차 식식거리던 발동기가
침세* 대신 커피를 얻어먹고 사는 걸까

저녁이 다 되어서 이집 저집 여물 끓이는 연기가 솔숲으로 몰려가고 우차에 쌀자루와 새째 가마니 높이 싣고 그 꼭대기에 앉아 흔들리며 집으로 돌아오던 길 어둠에 빠진 우차바퀴가 아직도 덜커덩덜커덩거리는데……

＊ 새째는 왕겨.
＊ 침세는 방앗삯.

쇠기러기

늦서리 끝에 감자를 묻고
티브이 연속극 「남편의 여자」가 나오던 가을
홍종이 처 집 나갔다

바우배기밭 깨 꺾어 세우고
경운기 가득 꼴 베 싣고 돌아온 저녁
컴컴한 집 한채 세상에 남겨놓고
아주 가버렸다

울산인가 어딘가로 시집간 누나 도움으로
공장에 위장취업해서
결혼에 성공하고 돌아온 지 삼년째 되던 해
홍종이 처 기어코 가버렸다

내가 소냐고
걸핏하면 대든다더니
어둔 방에 두살짜리 딸 잠재워놓고
쇠기러기처럼 날아갔다

빈 집

　박정희 때 이은 슬레이트 지붕이 마분지처럼 낡아 바람
에 미어질 것 같은데 삭아 테두리만 겨우 걸린 도라무깡
굴뚝 위에 새 한마리 앉아 집을 보고 있다

새 잘 잡던 상준이

  우리는 해방되던 바로 뒷해에 겨우 태어나 '우리의 맹세'
를 외우며 큰 개울 건너 학교에 다녔는데 마흔해도 훨씬
지난 오늘, 새 잘 잡던 상준이 혼자만 고향에 남았다. 중
학교 졸업장만 있어도 면서기가 되었거나 읍내 아파트 수
위라도 해먹을 텐데 이 세상 괜찮은 자리는 배운 사람들이
다 차지하고 그에겐 논과 밭이 돌아갔다. 그래서 새 잘 잡
던 상준이는 우리나라에서 가장 크고 아름다운 직장의 평
생사원이 되었다.

감자눈을 뜨며

두엄터로
마늘밭으로
햇빛은 온몸에 쇠똥칠을 하고 오는데
따뜻한 마구간 뜰팡에 앉아
어머니는 감자눈을 뜬다

바람 부는 들판에서
사람들은 감자꽃처럼 피었다 지고
구들장 같은 어둠속에서
눈을 키운 감자들아

샛바람 차고 길은 멀어도
흙 속에 몸을 묻어
다시 꽃이 되고
뜨거운 밥이 되라고
어머니는 너의 피로 손을 적신다

지 게

길은 멀다
지게여
들판에는 아직 익어야 할 벼가 있는데
떠나간 집 담벼락에 기대어
너는 몸을 꺾고 쉬는구나

우리들 따뜻했던 등이여

아버지여

가 을

두렁콩이 누렇게 익어
꼬투리가 튈 것 같다

하늘 깊이 숙인 벼 고개에
햇살들이 올라타고
자꾸 누르는데
누가 커다란 꼴짐 그늘에 앉아
담배를 피우고 있다

맑은 피를 태우고 있다

논섶 바투 깎은 말기 위로
산그림자 지나간다

낫날보다 푸른
이런 가을이 몇천년

동면 화암리 박씨집 가을 아침

예순다섯 첫새벽을 깨워 여물을 끓인다
펌프대 숫돌물에 살얼음이 잡히고
내륙의 새벽은 생철처럼 차다
된서리를 하얗게 뒤집어쓴 고추대궁들이
술꾼처럼 몸을 으슬뜨린다

자식을 있는 대로 업고
한뎃잠을 자고 난 옥시기들의 얼굴이 시퍼렇다
몸이 아주 식으면 그들은 이 집을 떠날 것이다
발 시렵다고 갈짓자처럼 날아가는
쥐똥만한 새들아
평생을 새벽부터 설쳤는데도
가을 마당엔 일이 꽉찼구나

털을 있는 대로 곧추세운 소가 콧김을 내뿜으며
애써 박씨와 눈을 맞추려 한다
"요즘 소들은 기계에게 일을 뺏기고 눈칫밥을 먹는다"
호박이 미처 무를 때를 기다리다 못해
마구간 빈자에 삐닥질해대는 소에게 그가

가래를 돋우며 망할 놈의 소새끼니 뭐니 욕세를 퍼대자
소도 혀를 빼물고 뭐라고 뿔질을 한다

닥나무 울타리를 빠져나가는 연기에
텃밭의 쇳가루 같은 서리들 스러진다
장작불 타악탁 튀어오르는 여물가마 앞에서
북두갈쿠리 같은 손으로 새벽 담배를 맛있게 피워무는 박씨
그렇게 많은 가을이 지나가고도
박씨집 마당엔 씨를 밴 고추들이 산더미 같은데
물안개를 개고 올라온 햇살이
그의 굽은 어깨를 감싸안는다

집은 아직 따뜻하다

흐르는 물이 무얼 알랴
어성천이 큰 산 그림자 싣고
제 목소리 따라 양양 가는 길
부소치 다리 건너 함석집 기둥에
흰 문패 하나 눈물처럼 매달렸다

나무 이파리 같은 그리움을 덮고
입동 하늘의 별이 묵어갔을까
방구들마다 그림자처럼 희미하게
어둠을 입은 사람들 어른거리고
이 집 어른 세상 출입하던 갓이
비료포대 속에 들어 바람벽 높이 걸렸다

저 만리 물길 따라
해마다 연어들 돌아오는데
흐르는 물에 혼은 실어보내고 몸만 남아
사진액자 속 일가붙이들 데리고
아직 따뜻한 집

어느 시절엔들 슬픔이 없으랴만
늙은 가을볕 아래
오래 된 삶도 짚가리처럼 무너졌다
그래도 집은 문을 닫지 못하고
다리 건너오는 어둠을 바라보고 있다

상복리 年終會

젊은 패들이 눈길에 미끄러지며 戶當 세되씩 이장의 料
布를 걷고 나자 한나절이 훨씬 지난다. 장작난로 위의 찌
개 솥에서 김이 오르고 뒤켠에서 여자들은 국밥 준비를 하
는데 늙은이들은 앉고 나머지 사람들은 서서 이장의 결산
보고를 듣는다.

마을 안길 포장 준공식 때 들렀던 면장과 군의원이 주고
간 금일봉의 처리와 빈집을 사들여놓고 일년에 한번 올까
말까한 서울 사람들에게 동네 비용을 물릴 것이냐 말 것이
냐는 등 논란 끝에 칠년간이나 장대 이장을 한 현이장이
내년엔 죽어도 동네일을 못 보겠다며 노총각 명수를 지명
하자 그도 고개를 외로 꼬고 손살을 내젓는다 입담 건 광
재씨가 그래도 면사무소 출입 정도는 해야 애 딸린 과부라
도 얻어볼 게 아니냐고 농을 던지자 명수는 골이 비었느냐
며 술잔을 팽개치고 아예 洞舍 밖으로 나가버린다. 배냇병
신으로 상투 한번 못 틀고 쉰이 넘은 상구가 시뻘건 잇몸
을 드러낸 채 멋도 모르고 자기가 하겠다고 나서자 나이
많은 이들이 주먹총을 놓으며 혀를 찬다

인총은 자꾸 줄고, 공사판에 나가 망치만 들고 어정거려도 일당이 몇만원씩 하는 세상에 누가 면서기, 조합서기 눈치보며 이장질을 할 것인가. 이 겨울에도 대통령은 서로 해먹겠다고 빨갛니 하얗니 죽자사자 멱살잡이를 하고, 농사꾼 없는 농협이 무슨 소용인지 조합장만 해도 수천만원씩 뿌리며 대가리 터져라 쌈질인데 이 오래 된 마을에는 이제 이장 할 사람이 없다

늙은이들이 먼저 국밥을 자시고 자리를 뜬다
나서기 좋아하는 대밭집 사위가 정 그렇다면 한달에 한사람씩 돌아가며 이장을 맡자고 하자 누군가 거 말 같지 않은 소리 작작 하라고 머리통을 쥐어박는 바람에 다들 킥킥댄다. 이웃 동네 알면 남세스럽다고 결국 명수에게 우격다짐으로 이장을 맡기고 누군가 이차로 장거리 노래방에라도 가자고 소리치자 터지는 야유와 박수소리가 마을을 울린다

가을밤

갈천 늦가을 새벽에 내리는 서리는 안개처럼, 쇳가루처럼 내리는데 토종닭을 잡아먹고 밤새도록 목을 빼고 노래하던 바로 옆방에 우리에게 방을 내준 주인 아저씨가 고구마 가마니와 함께 밤을 샜을 줄이야. 녹슨 펌프에서 쥐집 같은 머리에 물칠을 하며 군불을 많이 넣긴 했는데 구들이 춥지 않았느냐는 그의 몇대 안 남은 이가 옥시기처럼 길쭉하다

아, 나라의 아저씨가 곤히 주무시는 이 짧은 가을밤에 우리는 너무 많은 노래를 불렀구나

저녁의 노래

밭머리 늙은 뽕나무 가지에
고드름처럼 매달렸던 햇살 떨어지고
빈 밭에서 서로의 살을 베며 서걱거리던
옥수수 잎사귀, 콩글거리들도
시퍼런 어둠에 몸을 다친다
해 지고 한참 세상은 빈집 같아
산을 내려온 물소리가 날마다 실어내도
땅 위의 모든 서러움 저녁에 있네

개울가에서 날아오른 까마귀들이
솔숲 너머로 울며 사라진 다음
섬처럼 떠오르는 마을로
공장 품팔고 오는 아낙들
내일 만나자거니
돌각담에 코를 풀어 붙이며
불빛을 향하여 흩어지는 저녁
염소떼 같은 어둠이 뿔을 치켜들고
다시 별을 몰고 돌아오네

삼포리에 가서 1

집이여
아침저녁 연기 올리던 삶이 빠져나가니
이백년 삼백년 묵은 구들장도 잠깐 식는구나
사개 뒤틀린 마구채 기둥뿌리 버둥거리고
마당가 말풀에는 뜸부기가 집을 짓겠다
누가 알겠니
저 왕조의 엄청난 무게도 버텨왔던 대들보가
왜 우리들의 세상에 와 무너지는지를

컴컴한 용마루 꼭대기의 성주도
곡기를 끊은 지 오래 되었다
며느리들 청이 돌게 닦던 마루와
아이들 이빨 뽑아주던 문고리들도
이제는 쉬는구나
오래 쉬거라
고방 동이 속에 잠든 밀가루와
서까래 끝에 매달린 시래기 타래들
그리고 어씨 문중 학생부군들아

집이여
한때는 고래등 같았던 마음속의 집이여
전답의 피가 다 빠져나가고도
삼포리 감은 붉게 익었는데
기왓장은 날마다 마당바닥에 그 몸을 던진다
아 이렇듯 오래 된 집의 임종은 길고 모질구나

삼포리에 가서 2

잎 진 삼포리 늦여물 때
빈집 한채 떠오른다
주춧돌과 뜰팡과
땅의 것은 땅에다 돌려주고
서로 부딪쳐 몸 깨며 우는 장독을 버리고
기우뚱거리며 떠오른다

눈이 올래나
춥게 엎드린 뒷산 솔숲 너머로
하늘이 낮게 내려앉는데
아직 마당에 소를 맸거나
경운기 때문에 몸이 무거운 집들은
이마에 손을 얹고
물끄러미 바라보고만 있다

가랑잎처럼
민들레 씨앗처럼
비로소 집은 떠오르는구나
담벼락에 기댄 해묵은 장작가리와

소주병 더미 위로 떨어지는 햇살 사이로
아주 오래 된 기와집 한채가
봉창유리 반짝이며 떠오른다

네 굽을 허우적거리는 소를 앞세우고
멍석닢과 기둥들이 떠간다
그 뒤로 조선의 이끼 낀 기왓장들이
기러기떼처럼 끼룩거리며
송지호 쪽으로 날아간다

제 4 부

희망에 대하여

사북에 가서

그렇게 많이 캐냈는데도
우리나라 땅속에 아직 무진장 묻혀 있는 석탄처럼
우리가 아무리 어려워도
희망을 다 써버린 때는 없었다

그 불이
아주 오랫동안 세상의 밤을 밝히고
나라의 등을 따뜻하게 해주었는데
이제 사는 게 좀 번지르르해졌다고
아무도 불 캐던 사람들의 어둠을 생각하지 않는다

그게 섭섭해서
우리는 폐석더미에 모여 앉아
머리를 깎았다
한번 깎인 머리털이 그렇듯
더 숱 많고 억세게 자라라고
실은 서로의 희망을 깎아주었다

우리가 아무리 퍼 써도
희망이 모자란 세상은 없었다

아침 시장

    화장을 곱게 한 닭집 여자가 닭들을 좌판 위에 진열하고 있다. 벌거벗은 것들을 모두 벌렁 젖혀놓아도 그들은 별로 부끄러워하는 것 같지 않다. 그 옆 반찬가겟집 주인은 무릎을 공손히 꿇고 앉아 김을 접는다. 꼭 예배당에 온 사람 같다. 어느 촌에서 조반이나 자시고 나왔는지 장바닥 목 좋은 곳 깔고 앉으려고 새벽에 떠났을 할머니가 나생이와 쪽파 뿌리를 털어 손주 머리 빗듯 빗어 단을 묶는다. 각을 뜬 지 얼마 안돼 아직 근육이 살아 퍼들쩍거리는 돼지고기를 가득 싣고 가는 리어카를 피하며 출근길의 아가씨가 기겁을 하자 무슨 씹이 어떻다고 씨부렁거리는 리어카꾼의 털모자에서 무럭무럭 김이 솟는다. 아직 봄이 이른데 저놈의 딸기 빛깔도 곱다. 순대국밥집 앞의 시멘트 바닥에 잘생긴 소머리 하나가 새벽잠을 자다가 끌려나왔는지 아직 꿈꾸는 표정으로 면도를 받고 있는데 갑자기 골목이 화안해지며 차 배달갔다 오는 다방 아가씨가 어묵가게 아저씨를 향하여 엉덩이를 힘차게 흔들며 지나간다.

어느 미친 여인에게

지난 가을
우체국 돌계단에
은행나무 이파리 모아놓고
히죽히죽 살림살 때 벌써 허리가 절구통 같더니
모진 겨울 어디 가 몸풀고
거뜬하게 나왔느냐

어느 천벌을 받을 놈이 몹쓸 짓 했느냐며
눈발 날리고 얼음 어는데
저 간나 어쩌겠냐며
온 시민이 걱정했는데

이 봄
햇살 수북하게 쌓인
전매서 울타리 아래 앉아
머리 풀어헤치고 빗질하는 네가 고마워서
사람들은 가다가 보고
또 돌아보는구나

르완다 아이들에게

후투족 아이들 학살 사진을 보며

저 비옥한 땅에
무수한 씨를 퍼뜨릴
아름다운 고추를 늘어뜨린 아이가
옆의 아이 배꼽 위에 다리를 얹고 잠들었다
그 옆의 녀석은 누가 방귀라도 뀌었는지 코를 잡았고
또 그 옆의 아이들은 입을 맞추듯 누웠다
——성아 별이 이쁘지
——배 고픈데 이쁘면 뭐하노 니 불알이나 떼어먹자
하고 키득거리다가 잠이 든 것 같다
꿈에 구호물자라도 받았을까
잔뜩 구부리고 자는 녀석이 실없이 웃고 있다
어떤 녀석은 술래가 되어 자는지
머리에 넝마 같은 걸 뒤집어썼다
어른들은 어디서 무얼 하고 있나
나무 이파리라도 덮어주잖고
머잖아 아프리카의 강물로
나무로 사자로 되돌아올 아이들의 벌거벗은 행렬이
뜨거운 대지 위로 끝없이 이어진다

관을 팔며

그해 봄부터 나는 장제부를 맡아 관을 팔았다. 죽음이란 아주 근심스러운 것이어서 누군가 고개를 숙이고 오면 그가 바로 내 손님이란 것을 단박에 알아차리고 나는 자랑스럽게 창고문을 열었다. 그곳에는 결 고운 대리석 관들이 칼로 자른 듯 포개져 있었고 목관들은 옻으로 빛나게 치장한 채 송장을 눕혀놓고 온 사람들의 선택을 기다리고 있었다. 인간이란 세상에 올 때보다 갈 때가 더 사치스러웠으므로 레이스 달린 관보며 명정 청실홍실 등이 곱게 개켜져 차례를 기다렸다.

나는 컴컴한 창고에서 때로 칠성판을 걷어차며 웃었다. 빚에 쪼들려 살던 농사꾼이었거나 밥술깨나 먹던 사람이었거나, 혹은 삶이 무거운 짐에 불과했거나 아름다운 여행 같았거나 저 땅 위를 걸어다니는 것만으로도 빛나던 존재들이 이 한뼘도 안되는 널판자에 묶여 가다니. 그래도 세 포수의에 고가 품목만으로 매상을 올리고 장부를 터는 날이면 나는 기분이 좋았다. 이를테면 이 짓에도 목표가 있어 가난뱅이의 송장보다는 행세깨나 하던 주검이 찾아올수록 실적이 올라가, 그것이 나의 상여금을 결정하고 나의

두살배기 아들과 어린 아내와도 연결되어 있었기 때문이었
다. 어쨌거나 그 무렵 나의 삶은 그렇게 죽음에서 벗어날
수 없었다.

　나는 날마다 관의 먼지를 털어내고 혼백과 추포를 정리
하며 고객들을 기다렸다. 인간이란 짐승과 별반 다를 게
없는 존재들이어서 봄 가을 소나 닭이 털갈이를 할 무렵이
면 나의 고객들도 고개를 떨구고 찾아오기 마련이었으며
나는 큰소리치며 거래처에 발주한 물건들로 창고를 채워놓
고 기다리면 되었다.

　죽음은 인간이 치러내는 마지막 축제였으므로 향내 진동
하는 창고에 화려하고 품위있는 상품들과 방명록 등을 갖
추어 저승 가는 절차에 조금도 소홀함이 없도록 하고 조용
히 송장을 기다리며 행복했던 나날들, 관은 입이 무거웠
다. 그 주검이 생전에 무엇이었든지 입을 한번 열었다 닫
으면 그만이었다. 그 침묵 속에서 나는 때때로 내 어린 아
들의 깔깔거리는 웃음소리를 떠올리며 한해 내내 고객들을
기다렸다.

진전사지 가는 길

윗대문턱 둔전 지나
열네살 一然이 머리 깎으러 갔다던 그 길로
설 지난 눈발 속에 한떼의 염소들이
수염을 흔들며 울고 간다

다랑 논배미들
동해로 떠내려갈까봐
제 몸 돌무더기로 눌러놓고
봄을 기다리는데
나라가 바뀔 때마다 몸을 다친 석탑이
찬바람에 알몸을 씻고 있다

천년도 전에 唐물 먹은 중이
설악 동쪽에 탑을 쌓았다는 절간 내력을
오늘은 웬 서양 것들이 와 보겠다고
한글 옆에 영어까지 써놓았으나
나는 글이 짧아 못 읽겠구나

그래

때로는 이 조막만한 삶도 막막하여
이른 봄 추위를 뚫고 천년 절터를 찾았다만
역사도 일연도 보이지 않고
눈 덮인 설악이
길을 막고 돌아가라 하네

겨울 화진포

북으로 가는 길은 멀다

군데군데 검문소와 탱크저지선 지났는데도
호숫가 솔숲에서 앳된 군인이
자동소총 거머쥐고
다시 길을 막는다.

춥다
그래도 물은
떠도는 새들 때문에 얼지 못하고
산그림자로 겨우 제 몸을 덮었을 뿐,

추위 속에
잠들면 죽는다고
물결이 갈대들의 종아리를 친다
하늘에도 검문소가 있는지
북으로 가는 청둥오리 수천마리
서로의 죽지에 부리를 묻고 연좌하고 있다

이미 죽은 주인을 기다리며
반세기 가까이 마주 보고 선
저 역사의 무허가 건물들.
이승만과 김일성 별장 사이 물빛은 화엄인데
새떼들만 가끔 힘찬 활주 끝에 떠오르며
물 속의 산을 허문다.

돌 새

고성 冷泉 건봉사 들어가면
돌장대 끝에 새 한마리 앉아 있다
옛적에 아도화상을 태웠고
조선의 만해가 타고 식민지 조국을 굽어보았다 하나
지금은 주인이 없다

크기는 큰 닭만한데
한번 날면 천리를 간다지만
동강난 하늘 어디 날 데가 있겠는가
만해도 가고
동란 중에 절은 한줌 재로 변하니
인적 끊긴 민통선 안에서
새는 나래를 꺾었다

가을은 아직 예스러운 단풍을 몰고 절마당을 지나간다
입술이 붉고 사향내 나는 한떼의 보살들 앞에서
어린 중이 기왓장을 파는데
불립문자들은 산을 내려가고
크고 작은 부도들은 아직 몸이 무겁구나

나라는 망했다
만해는 젊은 가을을 어떻게 보냈던지
날마다 능파교 아래 개울에서 가재를 잡았을까
공양미를 퍼내 간성 색주가에서 술을 마시고
不二門에 기대어 님을 기다렸을까

고성 냉천골 들어가면
천년 절터 가을볕 아래
無限天空 날고 싶은 돌새 한마리 있다

나는 왼손이 조금 길다

나는 왼손잡이다
그러나 세상 사람들의 십중팔구는 오른손잡이고
대부분의 길조차 좌회전이 금지되어 있어
왼손잡이는 불편하다
그래서 감옥에는 왼손잡이가 많다
세상의 시계는 오른쪽으로 돌고
모든 문도 오른쪽으로 열리지만
왼손으로 거수하고
왼쪽으로 생각하다보니
나의 왼손은 조금씩 길어진다
경제적으로는 물론
유전적으로 보더라도
오른손은 대세다
그런데도 왼손잡이를 조심하라고
왼손잡이들이 온다고
밤낮없이 소리지르는 오른손잡이들은
왼손의 무엇이 두려운 것일까
그 모든 오른손과의 형평을 위하여
나의 왼손은 조금 길다

萬波息笛

어린 政明*아
아버지는 어디 계시니
늙은 海官들은 뭘 하고 있니
倭는 바다 저편에 있고
그 너머에 서양 오랑캐들 사는데
아침에는 둘 저녁엔 하나 되는 산은 어디 있니
태평양 한가운데
아래는 푸르고 위는 붉은 나라는 어딨니
천둥번개는 어딨니
누가 저 그리운 산 푸른 대를 꺾어
소리를 부르니
동해는 미친년처럼 춤추고
산은 나뭇이파리처럼 떠다니는데
아버지 大王은 어디 계시니
정명아 정명아

* 文武大王의 아들 神文大王.

청호동에 가본 적이 있는지

혹시 청호동에 가본 적이 있는지
집집마다 걸려 있는 오징어를 본 적이 있는지
오징어 배를 가르면
원산이나 청진의 아침햇살이
퍼들쩍거리며 튀어오르는 걸 본 적이 있는지
그 납작한 몸뚱이 속의
춤추는 동해를 떠올리거나
통통배 연기 자욱하던 갯배머리를 생각할 수 있는지
눈 내리는 함경도를 상상할 수 있는지
우리나라 오징어 속에는 소줏집이 들앉았고
우리들 삶이 보편적인 안주라는 건 다 아시겠지만
마흔해가 넘도록
오징어 배를 가르는 사람들의 고향을 아는지
그 청호동이라는 떠도는 섬 깊이
수장당한 어부들을 보았거나
신포 과부들의 울음소리를 들어본 적은 없는지
누가 청호동에 와
새끼줄에 거꾸로 매달린 오징어를 보며
납작할 대로 납작해진 한반도를 상상한 적은 없는지
혹시 청호동을 아는지

■ 해 설

소처럼 선림 (禪林)에 누웠구나

임   규   찬

1

씨몬느 베이유는 "지배는 더럽히는 것이다. 소유는 더럽히는 것이다"라고 말한 바 있다. 그런데 곰곰이 그 뜻을 되새겨보면 지배와 소유야말로 20세기의 종착역에 도달하기 직전의, 말 그 대로 세기말의 말기적 중병의 원인처럼 느껴지기도 한다. 모든 것들이 지배와 소유의 관계에서만 운행됨으로써 갈수록 눈앞의 현상에만 집착하는 근시의 세계상이 바로 오늘이다. 거리를 용 납하지 못하고 거리를 포용할 줄 모르는 자폐적 세계만이 갈수 록 노골화되고 있다. 그래서일까, "순수한 사랑은 거리를 인정 하는 것이다"라는 말이 예사롭게 들리지 않는다. 사랑은 흔히 취하는 것이라고 하는데, 인간이 자신의 힘을 과신하여 스스로 의 무덤을 파는 오늘의 현실을 생각하면 결코 사랑은 취하는 것 만은 아닌 듯하다. 오히려 바라보는 것, 수락하는 것, 주는 것, 잃는 것, 가질 수 없음에 즐거워하는 것, 아쉬움을 즐거워 하는 것, 우리를 한없이 가난하게 하는 것을 즐거워하는 것들이 진정한 사랑일지 모를 일이다.

그런데 사실 다양한 인간집단들에서 시인만큼 강하게 나르시스적인 존재가 있을까. 따지고 보면 그들이야말로 참으로 주관적이고 참으로 자기 도취적이다. 그러나 정작 시를 평함에 있어 센티멘털리즘이나 나르시시즘을 제일의 경계대상으로 삼는 것을 보면 나르시시즘에서 출발하여 나르시시즘을 넘어서 자기에게로 되돌아오는 귀향의 길이 진정한 시인의 길인 듯하다. 우리가 좋은 시에서 느끼게 되는 체험의 하나가 지독함과 지극함의 동시적 공존이다. 시인은 무엇보다도 우선 자기 자신의 목소리에 귀기울여서 그 안에다 모든 것을 집적시키려는 지독한 에고의 소유자이지만, 동시에 그것을 버려서 더 큰 것에 귀의케 만들 줄 아는 지극한 존재라는 뜻이다.

시 자체야 인위적이어서 분명히 이기적인 성격이 강하지만, 좋은 시의 향기가 자연스러움에서 발원하듯 정작 그 안에 대지처럼 자리잡은 백지상태에 가까운 순수한 마음의 밭이야말로 시의 숨은 신일 것이다. 어둠이 새벽이슬을 빚어내듯 이 숨은 신이 어느 만큼 현실적인 것과 만나면서 하나의 세계상을 만들어내느냐가 곧 시의 격을 가늠해줄 것이다. 그렇기 때문에 시야말로 백지 위에서 이루어진 언어의 세계 중에서 가장 백지에 가까운 모습을 보여주는 것이기도 할 것이다.

그 점에서 과학의 시대가 시에 야기한 가장 큰 불행 중의 하나는 김종철이 말한대로 "그동안 우리가 교육받기로는 늘 자기중심적으로 글이란 '나를 표현한다' '새로운 걸 발견한다'는 것이거든요. 그러나 새로운 게 어디 있어요? 과도하게 자기가 가진 것보다 잘 쓰려고 하니까 오히려 가진 것도 발휘가 안되고 힘만 들지요"와 같은 것이라고 생각된다. 이를테면 "하루종일 잎이 무성한 팔을 들어/기도하는 나무//여름날이면 머리카락 어디엔가/방울새의 보금자리를 트는 나무//(…) 나 같은 바보

도 시를 짓지만／저 나무는 누구의 시인가(…)"(알프레드 킬머의
「나무」)와 같은 감사와 겸손, 신성(神性)의 훼손이다. 선림(禪
林)에 자주 회자되는 "청풍언초이불요(淸風偃草而不搖) 호월보
천이비조(皓月普天而非照)"라는 법어와 같은 너그러움과 깊이,
바로 불성(佛性)의 상실이다. "맑은 바람은 풀을 넘어뜨리되
흔들지는 않고 밝은 달은 하늘을 가득 채우나 비추지는 않는
다."

2

이상국의 시집 『집은 아직 따뜻하다』를 읽으면서 문득 그런
생각을 하였다. 마치 그에게 있어 본다는 것은 우리 주변의 공
간을 지나 사물들이 있는 먼 곳으로 나아가서 보이지 않는 손가
락으로 그것들을 만지고, 쥐고, 거죽을 훑어보고, 그리하여 끝
내 그 속에 제 잠자리를 만들어 함께 살을 부대끼는 것처럼 보
였다. 확실히 그 점에서 그는 깊은 사랑에 빠진 연인의 표정이
다. 누군가는 사랑하는 것과 사랑에 빠진 것을 구별하여 전자는
'계약', 후자는 '상태'라고 한 바 있다. 그런 견지에서라면 그는
사랑에 빠져 있는 어떤 상태를 자연스럽게 열어보인다. 최근의
시들과 구별되면서, 아울러 이전 시집 『우리는 읍으로 간다』와
도 구별되는 이 시집의 새로움이자 동시에 매우 낯익은 느낌은
뭔가 근원 혹은 고향으로 재귀(再歸)한 듯한 생각 때문이다.
최근에 많이 산출된 자연시나 생태시의 경향도 이전 시와 비교
해서 새로운 양태라고 할 수 있겠지만, 대부분 일체감을 의미하
는 '상태'와는 구별되는 '계약'과 같은 양상이다. 말하자면 인간
과 자연의 구별 속에서 하나의 의지 표출로서 자연에 가까이 다
가서려는 인위성이 강하다. 일종의 현실생활의 한 보족수단으

로서의 전원적 자연이다. 물론 그 속에서도 이런저런 깨달음은 있기 마련이지만, 그 자체가 일체화된 더 큰 맥락의 우주적 자연 안에서 보여질 수 있는 참된 균형은 아니다. 그것은 스스로 그리 존재한다는 말 그대로의 자연(自然)에 대한 체감과는 다르다.

가령 이번 시집의 한 전형이랄 수 있는 「미천골 물푸레나무 숲에서」를 보자.

"이 작두날처럼 푸른 새벽에／누가 나의 이름을 불렀다／개울물이 밤새 닦아놓은 하늘로／일찍 깬 새들이／어둠을 물고 날아간다／산꼭대기까지／물 길어 올리느라／나무들은 몸이 흠뻑 젖었지만／햇빛은 그 정수리에서 깨어난다／이기고 지는 사람의 일로／이 산 밖에／삼겹살 같은 세상을 두고／미천골 물푸레나무 숲에서／나는 벌레처럼 잠들었던 모양이다／이파리에서 떨어지는 이슬이었을까／또다른 벌레였을까／이 작두날처럼 푸른 새벽에／누가 나의 이름을 불렀다"

굳이 더이상의 설명이 필요없는 단순명료한 시다. 어느날 물푸레 숲에서 (나도 모르게) 잠이 들었는데, 새벽에 무슨 기미나 소리 때문에 잠에서 문득 깨어났다는 평범하다면 참으로 평범한 한 체험적 사실을 담백하게 표현한 작품이다. 그러나 필자는 이 시를 처음 대하는 순간 한용운의 시 「님의 침묵」을 불현듯 떠올렸다. 서로 닮은 것이라곤 전혀 없지만 나는 거기서 한용운이 경건하게 부르던 '님'이 되돌아온 듯한 환영을 느꼈다. 우리가 잃어버렸던 어떤 신성이랄까, 불성이랄까 하는 기운을 그는 면전하고 있구나 생각하였다. 그래서인지 "누가"란 지극히 객관화된 지시대명사마저도 예사롭게 다가오지 않았다. 바로

"누가"라는 표현은 '님'이라는 내재화된 공경의 자발적인 표출보다 오늘 우리가 처한 상황과 함수관계를 이룬 타자화된 모습으로 비쳤기 때문이다. 그 점에서 "이기고 지는 사람의 일로／이 산 밖에／삼겹살 같은 세상을 두고"라는 제4연의 서술은 그 자체로서는 대수로울 바 없을지 모르지만 신에게서, 자연에게서 달아난, 아니 역으로 그것들 위에 군림한 인간중심주의의 상황을 단숨에 날카롭게 환기한다. 아울러 "작두날"이란 낱말과 선명한 대조를 이루면서 시인은 오늘의 현실을 비수처럼 예리하게 살해한다.

가령 큰눈 온 날 아침 부러져나간 소나무를 바라보며 지은 「대결」도 그렇다. 대자연이 연출한 하나의 장면 앞에서 시의 화자는 순식간에 황홀감에 빠진다. "눈부시다"는 표현이 그것. 그런만큼 처음엔 그것을 하나의 신비로움으로 끌어안는다. 그래서 그 느낌을 있는 그대로 소박하게 진술해나간다. 그런데 "뭔가와 맞서다가／무참하게 꺾였거나"와 "공손하게 몸을 내맡겼던" 것은 분명 대립되는 행위의 표현이다. 하지만 그에 대하여 시인은 더이상의 예측을 시도하지 않고 정지된 어느 일점으로 눈사위를 좁힌다. 그런 사이에 황홀감은 어느덧 비극적인 모습으로 순간 전환된다. 나무가 부러지기까지의 고통, "더이상 견딜 수 없는 지점". 그러나 그가 정작 주목한 것은 그와 동시에 빚어지는 순간의 꺾임, 바로 육체의 폭발적 소멸에 대한 깊은 응시다. 단말마처럼 토해놓은 "저 빛나는 自害／혹은 아름다운 마감"이란 말의 깊은 침묵을 보라.

결국 '비극적 황홀감'이라고밖에 표현할 수 없는 이러한 인식은 지루한 세속적 삶의 환멸과 선명한 대비를 이룸으로써 더욱 극적으로 부각된다. 하여 "나는 때로 그렇게／세상 밖으로 나가고 싶다"고 시인은 말한다. 자기 소멸을 통하여 자기를 확인하고, 자기 소멸을 통하여 자기 완성의 극점을 찾으려는 강력한 충동이 참으로 전율적이다. 그러나 그런 강력한 충동이야말로 사실은 지극히 자연적이고 본원적 생명력이란 것을 시인은 말하고 싶은 듯하다.

禪林으로 가는 길은 멀다/미천골 물소리 엄하다고/초입부터 허리 구부리고 선 나무들 따라/마음의 오랜 폐허를 지나가면/거기에 정말 선림이 있는지∥영덕, 서림만 지나도 벌써 세상은 보이지 않는데/닭죽지 비틀어 쥐고 양양장 버스 기다리는/파마머리 촌부들은 선림 쪽에서 나오네/천년이 가고 다시 남은 세월이/몇번이나 세상을 뒤엎었음에도/흐르는 물에 발을 담근 농가 몇 채는/아직 面山하고 용맹정진하는구나/좋다야, 이 아름다운 물감 같은 가을에/어지러운 나라와 마음 하나 나뭇가지에 걸어놓고/소처럼 선림에 눕다/절 이름에 깔려 죽은 말들의 혼인지 꽃들이 지천인데/經典이 무거웠던가 중동이 부러진 비석 하나가/불편한 몸으로 햇빛을 가려준다∥어디로 가는지도 모르고/여기까지 마흔아홉 해가 걸렸구나/선승들도 그랬을 것이다/남설악이 다 들어가고도 남는 그리움 때문에/이 큰 잣나무 밑동에 기대어 서캐를 잡듯 마음을 죽이거나/저 물소리 서러워 용두질을 했을지도 모른다/그러나 슬픔엔들 등급이 없으랴∥말이 많았구나 돌아가자/여기서 백날을 뒹군들 니 마음이 절간이라고/선림은 등을 떼밀며 문을 닫는데/깨어진 浮屠에서 떨어지는/뼛가루 같은 햇살이나 몇됫박 얻어 쓰고/나는 저 세간의 武林으로 돌아가네

─「禪林院址에 가서」 전문

전통적 한시풍의 격조와 여유로움을 유감없이 발산하는 작품으로서, 이번 시집의 가장 빛나는 시편의 하나로 손꼽을 수 있다. 속세간의 삶을 지양하는 듯하면서도 결코 세간의 삶을 내팽개칠 수 없는 세상사의 엄중한 한계를 오히려 산사에서 자연물과의 조용한 대화로 넉넉하게 다독이는 이런 정도의 경지는 결코 쉬운 일은 아닐 것이다. 사물에 온전히 생명력을 깃들이게 하는 격있는 표현력과 함께 그것을 자신의 인생사에 되비추어 삶의 깊이로 내화시키는 힘 또한 만만찮다. 사실 이 시를 읽다가 필자는 시 속의 표현처럼 '좋다야'를 몇번이나 내뱉었다. 하나의 자연이 산 것 그대로 숨쉬는 듯한 생동감 탓이다. 어디 하나 부족함이 없는 비유의 능숙한 구사에 힘입어 밀도 높은 풍경이 재현되고 그런만큼 시의 육체성이 자연 도드라진다. 가령 제 3연만 하더라도 그렇게 나오기 쉽지 않은 묘사로 보인다. 그래서인지 당당한 산세의 위풍을 지닌 시를 참 오랜만에 만나 충만감에 빠져들었다.

사실 우리네 전통적인 동양시에서 다수를 차지하는 음풍영월(吟風咏月)도 단지 즐거움의 환영을 자연에서 다소간 초월적으로 추구한 것이 아니라 어려운 세간사를 살아나가고 버티어가는 데 필요한, 말하자면 현실에 맞서는 심상에 대한 추구라는 면을 가지고 있었다. 전통시에서 자연의 아름다움과 그곳에 안주함으로써 얻게 되는 행복에 대한 이미지가 지배적이다. 이것은 특히 모든 것을 세상 속에 정립하고자 했던 동양적 세계관에서 당연히 필요할 수밖에 없는 비초월적인 세계관에 대한 당연한 요청이기도 한 것이다. 말하자면 이 세상의 혼탁에 맞서는 심상을 찾는 데 있어서, 즉 신 중심의 세계에 있어서의 초월적인 것, 신적인 것에 대응하는 어떤 것을 구함에 있어서 시가 그 중심 역할을 했고, 그런 초월의 심상들은 바로 자연에서 찾았던 셈이다.

이상국은 이 점에서 전통시의 그러한 바탕을 오늘에 다시금 구축하려는 시인이라고 말을 해도 좋을 법하다. 실제로 이번 시집에서 앞서 거론한 작품 외에도 「샛령을 넘으며」「삼불사」 등을 비롯한 많은 작품들이 그런 경향을 짙게 드러낸다. 가령 「샛령을 넘으며」에서는 자연에 대해 매우 따뜻한 마음으로 그 조화로운 세계를 표출해내지만, "비탈이 험한 곳일수록 꼿꼿한 나무들이/그들 말로/오늘은 꽤 지저분한 짐승 하나가/지나간다고 하는 것 같은데"에서 보듯 인간에 대해서는 속화되고 타락한 대상으로 자기투시한다.

3

물론 이번 시집을 양적인 측면에서 보면 오늘날의 농촌현실과 그 속에 살고 있는, 혹은 살았던 사람들에 대한 이야기가 주류를 이루고 있다. 시인의 앞선 시집 『우리는 읍으로 간다』(1992)에서 소박하면서도 단호하게 개진하였던 현실에 대한 인식과 현재적 삶의 실상에 대한 관점을 여전히 견지하고 있음을 말해준다. 아마도 이상국 시인을 기억하는 사람들은 현대사에서 항상 소외당하고 굴종만 강요당했던 농촌의, 농민들의 현실을, 역사의 단면단면을 통한 간명한 반복구조로 객관화시켜 그려낸 「우리는 읍으로 간다」나 '검문'이 상징하고 있는 독재권력하의 억압적 상황을 탁월하게 환기시킨 「내 가는 모든 길의 검문소에서」, 그리고 농민들의 자연친화적이면서 동시에 지극히 온정적인 면모를 그린 「새집」, 나아가 땅과 함께 그와 뗄 수 없는 물과 연관시켜 농민의 일생을 비극적으로 직조해낸 「우물 무덤」 등을 기억할 것이다. 이번 시집에서도 그런 시인의 핍진한 현실

인식은 한치의 흐트러짐 없이 오늘의 농촌현실을 굴착한다. 아
니 어떤 의미에서는 더욱 예리해진 면도 없지 않다. 가령 「삼포
리에 가서 1」을 보자.

집이여／아침저녁 연기 올리던 삶이 빠져나가니／이백년
삼백년 묵은 구들장도 잠깐 식는구나／사개 뒤틀린 마구채 기
둥뿌리 버둥거리고／마당가 말풀에는 뜸부기가 집을 짓겠
다／누가 알겠니／저 왕조의 엄청난 무게도 버텨왔던 대들보
가／왜 우리들의 세상에 와 무너지는지를／컴컴한 용마루 꼭
대기의 성주도／곡기를 끊은 지 오래 되었다／며느리들 청이
돌게 닦던 마루와／아이들 이빨 뽑아주던 문고리들도／이제
는 쉬는구나／오래 쉬거라／고방 동이 속에 잠든 밀가루와／
서까래 끝에 매달린 시래기 타래들／그리고 어씨 문중 학생부
군들아／집이여／한때는 고래등 같았던 마음속의 집이여／전
답의 피가 다 빠져나가고도／삼포리 감은 붉게 익었는데／기
왓장은 날마다 마당바닥에 그 몸을 던진다／아 이렇듯 오래
된 집의 임종은 길고 모질구나

"저 왕조의 엄청난 무게도 버텨왔던 대들보가／왜 우리들의
세상에 와 무너지는지를"이라고 자탄하는 처연한 목소리가 결코
예사롭지 않다. 하나의 긴 역사가 지금 이 순간 무너지고 있다
는 것, 지금이 문제적 현실 차원 이상의 역사적 전환점이자 죽
음의 시대라는 위기의식이 사실 이 시집 전편을 휘감고 있다.
하여 "아 이렇듯 오래 된 집의 임종은 길고 모질구나"라는 마지
막 구절의 절규와도 같은 탄식이 결코 남의 일일 수 없음을 느
끼게 된다. 폐가가 되어가는 '집'을 모티브로 낮지만 준엄하게
우리의 현재를 조문하는 이 시인의 울혈(鬱血) 앞에 과연 누가

자유로울 수 있겠는가. 그외에도 뛰어난 시적 산문묘사를 보여주는 「상복리 年終會」나 「방앗간카페에 가서」와 같은 작품들에서도 농촌현실의 실상은 여실히 드러난다.

또한 분단된 도(道) 강원도의 지형을 분단현실 전체의 무대로 확산시킨 「겨울 화진포」 「돌새」 등의 작품도 주목할 만하다. 분단현실이란 무거운 내용을 매우 정감있는 서정성으로 용해시켜 깊은 여운과 메아리를 감지케 만드는 시적 형상화 능력이 돋보인다. "북으로 가는 길은 멀다"로 시작하는 「겨울 화진포」는 제2연까지 매우 사실적인 묘사로 분단현실을 축조화한다. "군데군데 검문소와 탱크저지선 지났는데도／호숫가 솔숲에서 앳된 군인이／자동소총 거머쥐고／다시 길을 막는다." 그러나 이후 물과 새(청둥오리)를 매개로 "이승만과 김일성 별장"이라는 역사의 구체적 사물을 제시함으로써 역사적 모순의 깊은 층위까지 파고든다. "물결이 갈대들의 종아리를 친다"나 "청둥오리 수천 마리／서로의 죽지에 부리를 묻고 연좌하고 있다"와 같은 삼라만상과 인간과의 일심동체화의 표현은 마지막 연에서 아연 빛을 발한다. "이미 죽은 주인을 기다리며／반세기 가까이 마주보고 선／저 역사의 무허가 건물들.／이승만과 김일성 별장 사이 물빛은 화엄인데／새떼들만 가끔 힘찬 활주 끝에 떠오르며／물 속의 산을 허문다." 반세기를 넘어서는 동안 여지껏 총부리를 겨누고 분단의 시대를 살고 있는 우리의 분단된 육신과 영혼에 대한 참으로 예리한 질타가 아닐 수 없다.

4

사실 이상국의 이번 시집은 작품이 보여주는 세계의 깊이도 깊이거니와 형상화와 시어의 조탁, 언어의 운용 등에서도 상당한 성취를 이루고 있다. 흔히 시는 침묵이란 심연과 늪을 간직하고 있다고 하지만, 그렇다고 해서 과장된 비약이나 연상, 짧은 언어로의 무조건적 조직이 이것을 담보해주는 것은 아니다. 침묵과 함께 여운이나 파문 혹은 메아리(울림)를 이야기하는 것도 염두에 두어야 할 것이다. 물론 서정시의 경우 일반적으로 우리가 쓰는 일상적 말과 이 침묵이란 것의 교접을 통해 탄생시킨 하나의 세계창조랄 수 있다. 그래서 '은유'나 '암시', 그리고 단편성이 시의 주된 특징으로 거론되는 것이리라. 실제로 소설처럼 말로 이루어진 이야기가 언어적 사실적 콘텍스트에 의해 하나의 유기체를 형성한다면, 시는 무엇보다 상상력의 자유로운 운동 그 자체의 직접적 산물이랄 수 있다. 그래서 시는 말하면서 다시 이 말을 침묵 속에 잠기게 만든다. 말하자면 문학이 운동과정으로서 시간을 공간화하는 것이라면, 연계사슬을 이루며 과정화하는 소설과 달리 시는 특정한 순간의 농밀한 응집이자 농축이다. 시간이나 공간 모두가 깊이로 자맥질해 들어가는 것이다. 여기서 상세히 이야기할 수 없지만 이상국의 이번 시집을 면밀히 들여다보면 그런 고밀도의 시작법에 의한 장인정신을 도처에서 느낄 수 있다. 그래서 세련된 만큼 자연스럽고 편안하게 다가오는 것이다. 확실히 세계를 하나의 심상으로 장악할 줄 아는 보기 드문 시인이다.

물론 이번 시집 안에도 편차는 분명히 있다. 가령 「별에게로 가는 길」「소문」처럼 익숙한 시적 이미지를 약간 변형시킨 듯한 작품도 없지 않아 있고, 지나치게 단상이어서 오히려 거기에 감상을 덧칠하여 만든 듯한 제작적인 시들도 간혹 눈에 띈다. 그렇지만 전체적으로 보았을 때 마치 설악의 풍모처럼 들어갈수록 깊고도 넓은 세계를 『집은 아직 따뜻하다』는 보여주고 있다.

후   기

　간성읍 금수리 수타사 터에 가면 당시 촌에서 맷돌이나 쪼고 상석이나 다듬었을 석공이 세웠음직한 탑 한기가 논바닥에 있다. 탑이 갖는 정교함이나 세련미는 보이지 않아도 그 탑은 이 나라 산천과 역사 속에서 저 자신이 '탑'인 것을 알며 오랜 세월 자리를 지키고 있는 듯 보였다. 나도 내 시들이 그렇게 '시'이게 하고 싶다. 그게 쉬운 일이 아닌 줄을 알면서도.

　『우리는 읍으로 간다』를 낸 지 햇수로 6년 만에 네번째 시집을 엮는다. 추려놓고 보니 이삿짐 싸놓고 바라보듯 스산하다. 그러나 그것이 내 그간의 세상살이이자 문학살이의 전부이고 보면 누가 한편이라도 골라 머리를 끄덕이며 동무할 수 있었으면 좋겠다.

1998년 4월

이   상   국

창비시선 174

집은 아직 따뜻하다

초판 1쇄 발행 / 1998년 5월 15일
초판 8쇄 발행 / 2025년 6월 5일

지은이 / 이상국
펴낸이 / 염종선
펴낸곳 / (주)창비
등록 / 1986년 8월 5일 제85호
주소 / 10881 경기도 파주시 회동길 184
전화 / 031-955-3333
팩시밀리 / 영업 031-955-3399 편집 031-955-3400
홈페이지 / www.changbi.com
전자우편 / lit@changbi.com